AF315554

VENTE

du Mercredi 30 Avril 1913

HOTEL DROUOT, SALLE N° 1

A DEUX HEURES

SUCCESSION DE M. M***

RICHE MOBILIER

ANCIEN ET MODERNE

BRONZES ET MARBRES - PENDULES

Porcelaines, Tableaux, Objets variés

MEUBLES & SIÈGES

Ameublement de Salon et Ecrans en Tapisserie

TAPIS D'ORIENT - TENTURES

Mᵉ Emile BOUDIN

COMMISSAIRE-PRISEUR

M. Georges GUILLAUME

EXPERT

IMPRIMERIE
C. CHAUFOUR
6-8, RUE MILTON
PARIS

Etude de Me E. BOUDIN, Commissaire-Priseur à Paris
14, Rue de la Grange-Batelière, 14

VENTE AUX ENCHÈRES PUBLIQUES

BONS MEUBLES
de Salon, Salle à manger, Chambres à coucher
MEUBLE DE SALON EN BOIS SCULPTÉ & DORÉ
recouvert partie en velours de Gênes, partie en tapisserie d'Aubusson
IMPO TANT MOBILIER DE SALLE A MANGER EN BOIS NOIR
incrusté de cuivre et d'étain
Meuble de Salon en noyer sculpté
Beau Meuble de Chambre à coucher en palissandre ciré
MEUBLES ET SIÈGES DIVERS

MEUBLES EPOQUE EMPIRE
CONSOLES EN BOIS DORÉ DE STYLE LOUIS XV ET LOUIS XVI
Coupes en porcelaine du Japon montés bronze doré
IMPORTANTE STATUE EN MARBRE
Groupe en Marbre
BRONZES D'AMEUBLEMENT
Garnitures de Cheminées
Tableaux et Gravures
Faïences et Porcelaines décorées — Rideaux en Tapisserie d'Aubusson
TENTURES, TAPIS, RIDEAUX, DÉBARRAS

HOTEL DROUOT — SALLE N° 12
Le Samedi 26 Avril 1913, à 2 heures
Par le ministère de Me E. BOUDIN, Commissaire-Priseur
à PARIS, Rue de la Grange-Batelière, 14

EXPOSITION PUBLIQUE : Le Vendredi 25 Avril 1913, de 2 h. à 6 heures
AU COMPTANT. — 10 0/0 en sus des enchères.

PARIS. — IMP. C. CHASSEUR, 8 RUE MILTON

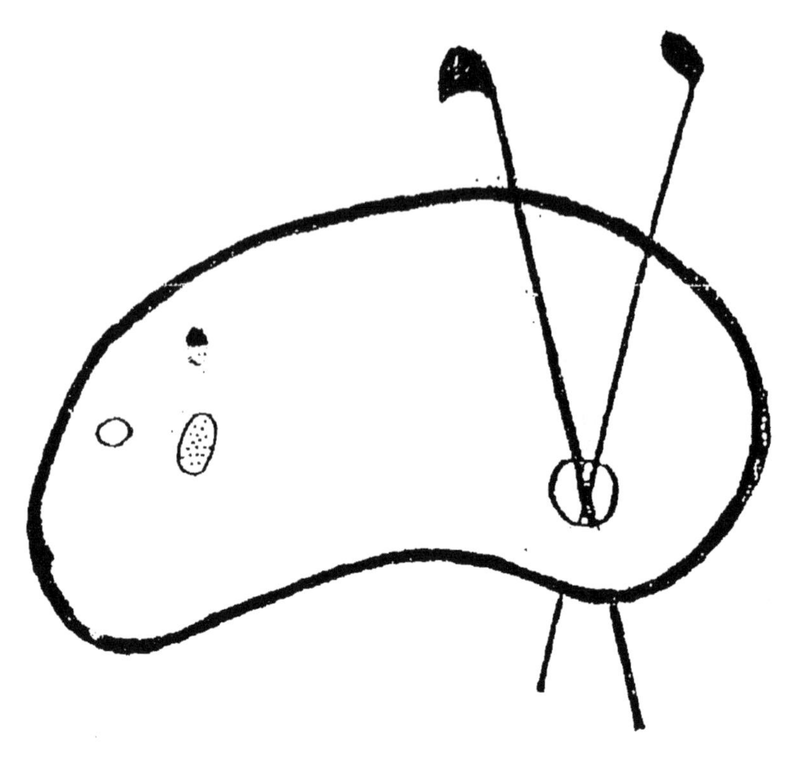

FIN D'UNE SERIE DE DOCUMENTS
EN COULEUR

CATALOGUE

D'UN

RICHE MOBILIER

d'Époque et de Style Louis XV et Louis XVI

IMPORTANT MOBILIER DE SALON EN AUBUSSON MODERNE

Chaises en tapisserie ancienne, Écrans en tapisserie au point

CONSOLE & COMMODE ANCIENNES

Meubles de Chambres à coucher, Meubles de Bureau

Fauteuils et Sièges confortables anglais

MEUBLES & SIÈGES DE FANTAISIE

BRONZES D'AMEUBLEMENT

LUSTRES ÉLECTRIQUES, APPLIQUES EN BRONZE

Belles Garnitures de Cheminée de style Louis XVI et Empire

Faïences et Porcelaines décorées

TABLEAUX

Belles Tentures de fenêtres, Tapis d'Orient

DONT LA VENTE AUX ENCHÈRES PUBLIQUES APRÈS DÉCÈS AURA LIEU

HOTEL DROUOT - SALLE N° 1

Le Mercredi 30 Avril 1913

À DEUX HEURES

Me Emile BOUDIN	M. Georges GUILLAUME
COMMISSAIRE-PRISEUR	EXPERT
14 — Rue Grange Batelière — 14	13 — Rue d'Aumale — 13

CHEZ LESQUELS SE TROUVE LE CATALOGUE

EXPOSITION PUBLIQUE

Le Mardi 29 Avril 1913, Hôtel Drouot, Salle n° 1, de 2 heures à 6 heures

CONDITIONS DE LA VENTE

———

Elle sera faite au comptant.

Les acquéreurs payeront *dix pour cent* en sus des enchères.

DÉSIGNATION

TABLEAUX ET GRAVURES

GILLRAY

1 — *The triumph of benevolance.*

Gravure en couleurs.

JOB (D'après)

2 — *Scène de chasse à courre au passage d'une diligence.*

Lithographie en couleurs.

LARGILLIERE (Ecole de)

3 — *Portrait d'un seigneur revêtu de l'armure et drapé dans un manteau rouge.*

Toile. Cadre Louis XVI en bois sculpté et doré.

RIGAUD (Ecole de)

4 — *Portrait d'homme à perruque, drapé de rouge et portant une cravate de dentelle.*

Toile-médaillon : cadre mouluré à torsades.

ECOLE FRANÇAISE

5 — *Portrait de femme coiffée d'une capeline, les mains dans un manchon de fourrure.*

Pastel. Cadre doré à moulure.

PORCELAINES, OBJETS VARIÉS

6 — Vase-bouteille en céladon craquelé de la Chine.

7 — Grande potiche ventrue en porcelaine de Chine à décor bleu d'arbres en fleurs et décorée en relief de quatre mufles de chien de Fô.

8 — Cache-pot en porcelaine de Chine orné d'oiseaux, rocailles et buissons fleuris.

9 — Cache-pot en porcelaine de Chine à décors de monstres marins.

10 — Cache-pot en porcelaine de Chantilly, muni d'anses-rocailles et décoré de fleurs en réserve sur fond à quadrillages bleus.

11 — Cache-pot en faïence à décors bleus, muni de quatre anses.

12 — Cruche en faïence du Midi à décors polychromes de draperies et fleurs.

13 — Vasque en porcelaine de Chine à personnages.

14 — Sous-mains en cuir rouge gaufré à feuillages, et classeur
assorti.

15 — Sous-mains formé d'une ancienne reliure en cuir gaufré à
dorures ; le centre est décoré d'un écusson et les angles de
fleurs de lis.

16 — Coffret-classeur en cuir jaune gaufré à dorures et garni de
cuivre.

17 — Petit support en bois de fer.

18 — Appareil téléphonique mobile.

19-20 — Lot d'appareils électriques, ventilateurs, projecteurs por-
tatifs, etc.

Sera divisé.

BRONZES, MARBRES, BOIS SCULPTÉS

GARNITURES DE CHEMINÉE ET DE FOYER

APPAREILS D'ÉCLAIRAGE, GLACES

21 — Importante garniture de cheminée Empire, en marbre vert de mer et bronze patiné, comprenant une pendule à sujet : L'Amour et Psyché, de part et d'autre, d'une borne formant le cadran, et deux candélabres à figure de femmes ailées portant chacune quatre lumières.   *600.*

22 — Garniture de cheminée en marbre rouge et bronze, comprenant une pendule-borne surmontée d'un sujet idyllique et deux candélabres formés d'enfants abrités par un arbre et portant un faisceau de six lumières ; bases à bas-reliefs présentant de nombreux personnages.

23 — Garniture de cheminée en marbre blanc et bronze ciselé. comprenant une pendule-vase à anses tritons et deux flambeaux formés d'enfants jardiniers, sur des socles à cannelures, et tenant chacun un pot de fleurs d'où s'échappe une gerbe de deux lumières. Style Louis XVI.

24 — Pendule en bronze ciselé, présentant de part et d'autre du cadran surmonté d'un vase, une Femme et un Amour ; socle en marbre blanc. Style Louis XVI.   *770.*

25 — Pendule en bronze ciselé et doré, présentant sur un socle rectangulaire, Homère assis et écrivant. Époque Restauration.

26 — Paire de candélabres en bronze patiné, à cinq branches de lumières s'échappant d'un fût contourné à cariatides d'enfants et rocailles. Style Louis XV. (Préparés pour l'électricité).

27 — Quatre flambeaux de la Restauration, en bronze patiné et doré, à collerettes et volutes.

28 — Paire de flambeaux de la Restauration en bronze ciselé et doré, à collerettes fleuries et guirlandes.

29 — Paire de flambeaux en bronze doré et patiné, à bustes et pieds humains. Style Empire.

30 — Lampe électrique composée d'une cariatide de Bacchus, en bronze, sur base circulaire en marbre jaune formant coupe.

31 — Paire de lampes en bronze patiné, à décor de taureaux, mascarons et guirlandes ; elles portent la signature de F. Levillain.

32 — Paire de lampes en bronze patiné, présentant à la panse en bas-relief des silhouettes de personnages dansant. Maison Barbedienne.

33 — Paire de lampes en bronze patiné, présentant des personnages agenouillés et des mascarons. Maison Barbedienne.

34 — Deux lampes formées de vases en porcelaine de Chine à
volatiles, insectes et arbres en fleurs; montures en bronze
ciselé et doré de style Louis XV. (Préparées pour l'électricité).

35 — Lampe formée d'un vase en porcelaine de Chine, à décors
de faisans et d'arbustes fleuris sur fond vert; monture en
bronze ciselé et doré de style Louis XV. (Préparée pour l'électricité).

36 — Huit appliques en bronze ciselé et doré, ornées de bustes de
femmes et munies de deux bras de lumière. Style Régence.

37 — Paire d'appliques en bronze ciselé et doré, à trois lumières,
de branchage se réunissant sur un rameau à larges feuilles.
Style Louis XV.

38 — Paire d'appliques en bronze cisclé et doré, à trois lumières
modèle à carquois enrubanné et guirlandes de fleurs. Style
Louis XVI. (Préparées pour l'électricité).

39 — Deux petits appareils d'éclairage d'applique, en bronze et
fleurettes de porcelaine, munis d'abat-jour. Style Louis XVI.
(Préparées pour l'électricité).

40-41 — Lot d'appareils d'éclairage d'appliques en bronze, préparés pour l'électricité.

(Sera divisé).

42 — Grand lustre en bronze patiné à palmes disposées en étoile
à l'intérieur d'un cercle supportant des figures de cygnes ;
il est muni de six lumières et préparé pour l'électricité. Style
Empire.

43 — Lustre en métal argenté orné de cristaux tels que : pla-
quettes, rosaces, boules et pyramides. Style Louis XIV. (Préparé pour l'électricité).

44 — Lustre en cristal à tulipes et guirlandes, muni de sept
lumières et préparé pour l'électricité.

45 — Lustre en bronze ciselé à cariatides et guirlandes et formé
au centre d'une coupe en cristal; il est muni de six bras de
lumières et préparé pour l'électricité. Style Directoire.

46 — Lanterne en bronze ciselé et doré formé d'un cornet en
cristal supporté par une potence d'applique. Style Louis XVI.

47 — Lanterne en cuivre de forme cylindrique à guirlandes de
perles et nœuds de rubans, munie de quatre lumières et préparée pour l'électricité.

48 — Paire de chenets en bronze ciselé et doré ; modèle à feuillage présentant des motifs à volutes. Style Louis XV.

49 — Paire de chenets en bronze ciselé et doré; modèle à galeries,
rosaces et pommes de pin. Style Directoire.

5o — Paire de chenets en bronze doré; modèle à feuillage, volutes et rocailles. Style Louis XV.

51 — Paire de chenets en bronze ciselé et doré; modèle à rocailles, rameaux de feuillage et petits vases fleuris Style Louis XV.

52 — Paire de chenets en bronze ciselé et doré; modèle à amphore, vase de flamme et guirlande. Style Louis XVI.

53 — Paire de chenets en bronze ciselé et doré à rocailles. Style Louis XV.

54 — Paire de vases en marbre blanc et bronze doré, surmontés d'une pomme de pin et munis d'anses à têtes d'aigles. Style Directoire.

55 — Paire de vases en marbre vert de mer, montés en bronze, à ornements, guirlandes et têtes de béliers ; couvercles à pommes de pin. Style Louis XVI.

56 — Encrier à deux réservoirs de cuivre sur plateau d'ébène.

57 — Encrier en bronze artistique à deux réservoirs, signé F. LEVILLAIN.

58 — Coupe oblongue en marbre vert supportée par deux femmes égyptiennes assises sur un soubassement en marbre rose et cuivre mouluré. Style Empire.

59 — Bustes d'homme et de femme en bronze patiné, sur socles cylindriques en marbre rouge, ceintures de torsades et rangs de perles en bronze doré.

60 — Baromètre en bois sculpté et doré en forme de lyre et orné de panier fleuri, têtes d'oiseaux et rameaux de chêne. XVIIIe siècle.

61 — Grande glace à cadre sculpté, ornée de rocailles et de fleurs. Style Louis XV.

62 — Grande glace à trois faces à monture de bois laqué blanc, surmontée d'une applique d'éclairage en bronze à fleurettes. Maison BROT.

MEUBLES ET SIÈGES

63 — Mobilier de chambre à coucher en bois laqué blanc orné de
guirlandes, rosaces et cannelures ; il comprend un grand lit de
milieu et sa literie, une armoire à trois portes avec glace au
centre et vitrines des deux côtés et deux tables de nuit garnies
de canne. Style Louis XVI.

64 — Table-coiffeuse en bois laqué blanc assortie, couverte d'un
marbre blanc veiné.

65 — Commode ventrue en marqueterie de bois de rose et de
bois clair à fleurs, ornée de bronzes ciselés à rocailles, tels que
encadrements, poignées, serrures, chutes et sabots et couverte
d'un marbre cervelas ; elle porte l'estampille de L. ROCHETTE.
En partie d'époque Louis XV.

66 — Armoire en bois sculpté et laqué blanc à rocailles et lambrequins, munie de deux portes foncées de glaces. Style
Régence.

67 — Bibliothèque à deux corps en acajou ciré et bronzes, tels que
serrures, encadrements et chutes ; la partie supérieure ouvre à
deux portes vitrées et le bas est muni d'un grillage ainsi que
de deux tirettes. Style Louis XVI.

68 — Petit meuble à casiers en acajou ciré orné de bronze, muni
de trois tablettes et couvert d'un marbre vert veiné à galerie de
cuivre. Style Louis XVI.

69 — Deux tables-bureaux en palissandre et bois de rose, ornées
de bronzes ciselés et dorés, tels que : poignées, serrures,
chutes, mascarons, sabots et ceinture moulurée ; elles sont
décorées aux angles de cariatides de guerriers, couvertes de
cuir vert et posent sur pieds cambrés. Style Louis XIV.

70 — Grande table-bureau en palissandre ornée et ceinturée de
bronze à moulures, feuillages et rocailles ; elle est munie de
trois tiroirs et couverte d'un cuir. Style Louis XV.

71 — Bureau à dos d'âne en marqueterie de bois de violette et de
palissandre posant sur pieds cambrés et munis d'une serrure
et de sabots en bronze Style Louis XV.

72 — Console Louis XIV en bois sculpté et doré posant sur deux
pieds cambrés à masques de faune et traverse d'entrejambe et
présentant au-devant une rosace ajourée dans des rinceaux de
feuillage ; dessus en marbre cervelas.

73 — Jardinière ronde en bois sculpté et doré posant sur trois
pieds à cannelures et croisillons. Style Directoire.

74 — Paire de brûle-parfums sculptés et dorés à volutes et guirlandes, posant sur socle d'entrejambe a pomme de pin. Style
Louis XVI.

75 — Support d'applique en bois sculpté et doré orné d'une figure du Temps.

76 — Guéridon rond en acajou à plateau reversible, posant sur trépied à cannelures.

77 — Guéridon rond en acajou verni orné de bronzes et posant sur quatre pieds à cannelures ; dessus en marbre vert de mer ceinturé de cuivre. Style Louis XVI.

78 — Guéridon circulaire en acajou et palissandre orné et ceinturé de bronze et posant sur pieds cambrés à sabots-griffes ; dessus en marbre vert. Style Louis XV.

79 — Guéridon rond en bois sculpté et doré à moulures et rameaux de feuillage, couvert d'un marbre portor.

80 — Guéridon-support en bois sculpté, doré et partiellement peint en vert ; il est formé d'une tige centrale enroulée d'un serpent et de trois montants à pieds et têtes de béliers, dessus en marbre brèche violette. Style Directoire.

81 — Guéridon rond en placage d'acajou et d'amarante orné de filets de bronze et couvert d'un marbre brèche d'Alep. Style Louis XVI.

82 — Guéridon rond en acajou et bronzes, posant sur pied cambré à tablette d'entrejambe et couvert d'un marbre violet veiné ceinturé d'une moulure. Style Louis XVI.

82 *bis* — Table-guéridon en bois doré, à rinceaux et draperies, posant par tige centrale sur quatre pieds-griffes; dessus en marbre vert.

83 — Petite table rectangulaire en acajou, ornée et ceinturée de bronze, posant sur pieds cambrés et munie d'un tiroir latéral. Style Louis XV.

84 — Petite table oblongue en bois sculpté et doré, formée de deux tablettes en marbre de couleur superposées. Style Louis XVI.

85 — Petite table rectangulaire bois sculpté et doré, posant sur pieds cambrés à rocailles et couverte d'un marbre rose veiné. Style Louis XV.

86 — Table rectangulaire en marqueterie de palissandre à quadrillage; elle est ornée de bronzes, munie d'un tiroir et pose sur pieds cambrés. Style Louis XV.

87 — Petite table-support à étagères en bois de rose orné de bronze et surmontée d'une collerette ajourée formant corbeille. Style Louis XVI.

88 — Table rectangulaire en placage de palissandre marqueté à losanges; elle est ornée de bronzes, munie d'une tirette et pose sur pieds cambrés.

88 *bis* — Autre table du même genre plus petite et munie d'un tiroir.

89 — Table-rognon en placage de palissandre marqueté à losanges, ornée de bronze et munie d'un tiroir. Style Louis XV.

90 — Table circulaire en acajou à quatre pieds ornés de cuivre; tablette supérieure en bois garnie de molleton rouge.

91 — Table en noyer sculpté posant sur quatre pieds à traverses d'entrejambes et lambrequins; elle est munie d'allonges rentrantes. Style Henri II.

92 — Deux porte-parapluies, forme rouleau, en cannage et vannerie.

93 — Porte-habit en acajou ciré, muni d'une tablette cannée.

94-95 — Cinq jardinières longues et plates en bois laqué blanc. mobiles sur roulettes.

96 — Lot d'enveloppes pour radiateurs en bois laqué blanc grillagé.

97 — Paravent à quatre feuilles couvertes d'un côté en moire verte et de l'autre en soie brochée à rayures et fleurs.

98 — Paravent plus petit à quatre feuilles couvertes en soie brochée à rocailles et lambrequins.

99 — Paravent à trois feuilles entièrement recouvert de damas
rouge, à clous apparents.

100 — Paravent composé de quatre feuilles en bois sculpté et
doré, surmontées de vases, gaînées d'étoffe brochée à fleurs
et ornées de gravures.

101 — Ecran en bois sculpté et doré à torsades de rubans et enrou-
lement de feuillages; feuille en tapisserie d'Aubusson présentant un personnage jouant de la guitare près d'une colonnade.
Style Régence.

102 — Ecran en bois sculpté et doré à feuillages et coquilles;
feuille en tapisserie d'Aubusson présentant un violoniste dans
un encadrement de rinceaux fleuris réservé sur fond jaune.
Style Régence.

103 — Ecran en chêne sculpté à coquilles; feuille en ancienne
tapisserie au point à personnages, arbres et constructions sur
fond noir. Epoque Régence.

104 — Mobilier de salon en bois sculpté et doré à fleurs, feuillages
et moulures, couvert de tapisserie d'Aubusson présentant des
personnages aux dossiers, des animaux aux sièges et des fleurs
aux accoudoirs. Il comprend un canapé et six fauteuils. Style
Louis XV.

105 — Canapé de forme bateau en bois sculpté et doré à rocailles
et feuillages, posant sur huit pieds cambrés et couvert de soie
brochée à fleurs sur fond crème. Style Louis XV.

106 — Petit canapé en bois sculpté et laqué blanc à rameaux de feuillage, foncé de canne et muni d'un coussin mobile en velours frappé vert clair. Style Régence.

107 — Fauteuil assorti.

108 — Chaise longue en bois doré à rangs de perles et raies de cœur, posant sur six pieds à cannelures et couverte de soie brochée à entrelacs fleuris sur fond crème; elle est munie d'un coussin mobile. Style Louis XVI.

109 — Bergère à oreilles en bois sculpté et doré à rangs de perles et feuilles d'eau, couverte de brocatelle à décor crème sur fond bleu ciel; elle est munie d'un petit traversin et d'un coussin mobile.

110 — Tabouret de pieds couvert de même étoffe.

111 — Bergère en bois sculpté à fleurs et moulures, couverte de damas rouge et munie d'un coussin mobile. Style Louis XVI.

112 — Autre bergère du même genre, plus petite.

113 — Fauteuil de bureau tournant en acajou sculpté couvert de cuir fauve, avec coussin mobile; le dossier cintré se termine par deux bras à colonnettes cannelées obliquement. Style Louis XVI.

114 — Fauteuil de bureau à vis en acajou, à bras contournés et dossier ajouré en éventail, il est couvert d'un coussin mobile en damas rouge. Epoque Restauration.

115 — Six grands fauteuils confortables en cuir brun capitonné, munis de coussins mobiles. Art anglais.

116 — Grand canapé assorti.

117 — Trois poufs de pieds assortis.

118 — Fauteuil de bureau tournant en acajou mouluré foncé de canne et posant sur pieds cambrés ; il est muni d'un coussin mobile en cuir fauve.

119 — Deux chaises légères en bois sculpté et doré foncées de canne et posant sur pieds-biches. Style Louis XVI.

120 — Trois chaises en bois laqué blanc mouluré ; dossier à barreaux ; coussins mobiles en velours frappé rose.

121 — Six chaises légères en bois sculpté et doré, munies de dossiers à barreaux ; Style Louis XVI. Elles sont couvertes de tapisseries d'époque Empire à décors de vases sur fond grenat en réserve sur contrefond marron à fleurs et palmes.

122 — Deux chaises cannées en acajou mouluré posant sur pieds cambrés, et couvertes de coussins mobiles en damas rouge.

123 — Chaise légère en acajou sculpté, foncée de canne et couverte
d'un coussin mobile en damas rouge. Style Louis XV.

124 — Chaise en acajou ciré à dossier-médaillon et foncée de canne.
Style Louis XVI.

124 *bis* — Quatre chaises en noyer sculpté, couvertes de velours
cotelé chaudron ; style Louis XV.

125 — Deux autres à ceinture moulurée et dossier mouvementé.

126 — Banquette longue à accoudoirs en acajou mouluré et foncé
de canne; elle est couverte d'un coussin en velours côtelé
vieux rose. Style Louis XVI.

127 — Quatre tabourets de pieds en bois sculpté et doré, couverts
de velours frappé vert d'eau. Style Louis XV.

TAPIS ET TENTURES, ÉTOFFES

PANNEAUX DE TAPISSERIE MODERNE

128 — Panneau en tapisserie d'Aubusson présentant dans une forêt un fauconnier aux pieds duquel est couché un lévrier ; bordure à rosaces, fleurs et vases, dans un cadre doré à moulures et feuillages.

129 — Panneau rectangulaire en tapisserie d'Aubusson moderne, présentant le portrait de Van Dyck.

130 — Panneau Louis XIV en soie brochée à fleurs et feuillages sur fond crème.

131 — Tapis de table en damas rouge.

132 — Deux grands rideaux en étoffe damassée, à grands ramages rouges et bandes noires.

133 — Paire de rideaux en velours ciselé rouge à grands ramages.

134 — Deux paires de rideaux en soie verte brochée, à décors d'entrelacs et de fleurs.

135 — Paire de rideaux en soie brochée présentant des vases fleuris et des rinceaux sur fond crème.

1 36 — Deux portières en brocatelle à décors fleuris vert d'eau.

137 — Trois coussins couverts de soie Louis XVI brochée à fleurs.

138 — Autre coussin couvert de soie Louis XVI à rayures et fleurs.

139 — Grand tapis persan à dessins réguliers sur fond bleu ; encadrement vert à rayures et rinceaux.

140 — Grand tapis persan décoré d'arabesques sur fond vieux rose, dans un triple encadrement rouge et bleu.

141 — Tapis persan à dessins géométriques et fleurettes sur fond crème ; encadrement rouge et vert.

142 — Tapis de galerie à quatre motifs étoilés rouges et blancs sur fond bleu et encadrement rouge.

143 — Tapis chemin d'Orient à dessins réguliers sur fond bleu et encadrement en trois couleurs.

144 — Carpette d'Orient à motif étoilé vert sur fond cerise, avec encadrement noir à rinceaux.

145 — Tapis de prière présentant un motif central grenat sur fond jaune et bordure bleue.

146 — Autre tapis de prière à motif fleuri au centre dans un encadrement vert sur fond rouge.

147 — Autre tapis de prière à rameaux fleuris dans un encadrement vert sur fond rouge et petite bordure jaune.

148 — Autre tapis de prière à dessin régulier sur fond lie de vin, dans un triple encadrement multicolore.

149 — Descente de lit à entrelacs sur fond crème et bordure rouge.

150 — Lot de moquette clouée à petit quadrillage sur fond beige.

151 — Lot de moquette beige unie.

152 — Objets omis.